10/18

S0-BZC-447

El mago
de Auschwitz

Texto: Kathy Kacer
Ilustraciones: Gillian Newland

 Picarona

Puede consultar nuestro catálogo en www.edicionesobelisco.com / www.picarona.net

EL MAGO DE AUSCHWITZ
Texto: *Kathy Kacer*
Ilustraciones: *Gillian Newland*

1.ª edición: mayo de 2016

Título original: *The Magician of Auschwitz*

Traducción: *Juli Peradejordi*
Maquetación: *Montse Martín*
Corrección: *M.ª Ángeles Olivera*

© 2014, Kathy Kacer
© 2014, Gillian Newland
Publicado por acuerdo con Second Story Press, Toronto, Canadá
(Reservados todos los derechos)
© 2016, Ediciones Obelisco, S. L.
(Reservados los derechos para la lengua española)

Edita: Picarona, sello infantil de Ediciones Obelisco, S. L.
Pere IV, 78 (Edif. Pedro IV) 3.ª planta, 5.ª puerta
08005 Barcelona - España
Tel. 93 309 85 25 - Fax 93 309 85 23
E-mail: picarona@picarona.net

ISBN: 978-84-16648-18-4
Depósito Legal: B-7.617-2016

Printed in Spain

Impreso en España por ANMAN, Gràfiques del Vallès, S. L.
C/. Llobateres, 16-18, Tallers 7 - Nau 10. Polígono Industrial Santiga.
08210 - Barberà del Vallès (Barcelona)

*É*rase una vez un famoso mago llamado Nivelli, un artista que había actuado ante el gran público en los teatros más famosos de Berlín. Noche tras noche, sus admiradores le aplaudían y gritaban pidiendo más trucos maravillosos de magia. «¡Bravo!», gritaban, mientras Nivelli se inclinaba con grandes florituras.

Pero eran otros tiempos, otros días felices antes de que los judíos de Europa fueran detenidos y enviados a campos de concentración…

Lo llamaban campamento familiar de Auschwitz, pero cuando Werner entró en el barracón en el que iba a quedarse, sabía que en realidad aquel lugar era una prisión. Las literas de madera se alineaban a los lados del edificio, que también era de madera. En las camas no había almohadas, ni mantas, ni colchones, ni siquiera paja. Los hombres y los niños mayores se encontraban en ese lado del campamento. Las mujeres y los niños pequeños estaban separados.

Los prisioneros empujaban y empujaban a Werner por todas partes para intentar conseguir un lugar en la litera de abajo.

—No puedo subir –explicó un anciano mientras empujaba a Werner y se arrastraba hasta un lugar en el nivel más bajo de la plataforma de tres niveles. Nada menos que seis hombres fueron hacinados en cada litera.

—Sólo sobreviven los fuertes –murmuró un hombre mientras subía a una litera intermedia.

Werner miró a su alrededor y vio que acabaría descansando en la parte superior. «No puedo dejar que nadie piense que soy débil», pensó, tomando impulso para colocarse en un lugar vacío.

Sentado en el borde de la plataforma más alta, había un hombre bajito, con una mandíbula cuadrada y los ojos caídos. Mientras se acomodaba, intentaba no dar la espalda a su nuevo compañero de litera. Poco después, el hombre le extendió el brazo para enseñarle su número: A1676.

—Debíamos ir en el mismo tren –dijo Werner, extendiéndole su brazo izquierdo.

Se estremeció ligeramente mientras mostraba su nuevo tatuaje: A1828. Tan sólo le separaban 152 números de aquel desconocido.

—Mi nombre es Levin –intervino el hombre mientras daba la mano a Werner. Tenía una voz suave, que contrastaba con la de los guardias y con los ladridos de sus perros, pastores alemanes.

—Hola, señor Levin.

A Werner, sus padres le habían enseñado que debía ser respetuoso con los mayores, y ese hombre tendría 35 o 40 años. Sabía que debía dirigirse a él como señor.

—¿Tienes a alguien más aquí? –preguntó el hombre.

Werner negó con la cabeza. Su padre había fallecido varios años antes. La última vez que había visto a su madre fue en el patio de la comisaría donde habían llevado a Werner antes de enviarle a los campos.

—No sé qué le ocurrió a mi hermana mayor –dijo Werner, bajando los ojos. Hacía más de dos años que no había visto a Renate, desde que una familia cristiana se había ofrecido a esconderla–. Espero que esté bien.

Levantó la mano y se la pasó por el cuero cabelludo; los guardias habían afeitado la cabeza a todos los presos en cuanto bajaron de los trenes.

El señor Levin suspiró y dio a Werner una palmadita en el hombro.

—Es bueno tener esperanza. Mi mujer y mi hijo están aquí, en algún lugar.

Cerró los ojos y respiró profundamente. Werner observó cuidadosamente a aquel hombre. Parecía fuera de lugar. Esta prisión mortal era para individuos duros y capaces de luchar. ¡El señor Levin parecía una persona tan dulce!

Durante las semanas siguientes, Werner aprendió lo que era la vida en Auschwitz. Los días eran horas interminables en las que tenían que estar de pie, en fila, a la espera de que les contaran. Si en el recuento faltaba una sola persona, los guardias empezaban de nuevo y los prisioneros tenían que quedarse allí, de pie, más tiempo. Muchos se desmayaban de agotamiento a medida que transcurrían las horas. Cuando Werner y los otros no estaban esperando el recuento, los guardias les ordenaban que hicieran flexiones horas y horas. A menudo, Werner llegaba arrastrándose a su litera, preguntándose si sobreviviría un día más.

Las noches eran igual de duras. Werner sólo tenía sus miedos como única compañía. Una noche dormía inquieto. Los listones de madera de la litera se le clavaban en la espalda y en la oscuridad de la noche sólo se oían los gemidos de aquellos hombres exhaustos. Finalmente, sintió que se estaba quedando dormido, pero apenas transcurridos unos minutos, el ruido de las botas y los gritos de los soldados llenó los barracones.

—¡Levantaos! ¡Ya!

Werner gimió intentando abrir los ojos. Todavía era de noche, y tardó unos momentos en vislumbrar las figuras oscuras.

Cuando finalmente se dio cuenta de quiénes eran, Werner se incorporó en la litera. Frente a él había seis guardias con los ojos fijos en la parte de arriba. «Se trata de eso, –pensó Werner–. Han venido a llevarme con ellos». Luchó por calmar los latidos de su corazón. Pero aquella noche Werner no era el foco de atención de los guardias.

—¡Tú! –gritó uno de los guardias señalando a un compañero de Werner.

—¡Baja. Deprisa!

El señor Levin lanzó una mirada a Werner, sacó las piernas por un lado de la litera y saltó al suelo. El corazón de Werner seguía latiendo con fuerza. ¿Estaba a punto de perder a la única persona que había sido amable con él en Auschwitz? Pero, en vez de llevarse a su amigo, los guardias, rodeándole, le ordenaron que hiciera algo extraordinario.

—¡Haz magia!

¿Qué era aquello? ¿Magia? ¿En Auschwitz?

Warner vio que uno los guardias sacaba una baraja de cartas y se la entregaba al señor Levin.

—¡Muéstranos tus trucos!

Werner se asomó por un lado de la litera, ansioso por ver qué estaba ocurriendo abajo. El señor Levin tomó el juego de cartas y empezó a barajarlas. Al principio poco a poco, y luego algo más rápido, cortó la baraja en dos, y movió todas las cartas, recolocándolas.

Después, removió la baraja con tal habilidad y velocidad que parecía que las cartas desaparecían para luego aparecer en otro lugar: detrás de la oreja de uno de los guardias, en el bolsillo del uniforme del mago, o en la espalda de otro de los guardias.

Los guardias reían y aplaudían. «¡Otro truco!». «¡No te detengas!». «¡Haznos otro truco!».

Werner estaba hechizado. Los demás presos se habían despertado. Todo el mundo colgaba de las literas viendo cómo el mago realizaba trucos con las cartas. Finalmente, después de lo que parecieron horas, los guardias ordenaron al señor Levin que regresara a su litera. Se dieron la vuelta y salieron del barracón.

El señor Levin se metió el paquete de cartas en el bolsillo, se estiró sobre los listones de madera y cerró los ojos. Su rostro estaba pálido y parecía que las arrugas de su frente se habían hecho más profundas.

—Nunca lo habría imaginado –susurró Werner–. ¿Cómo lo ha hecho?

Pero no obtuvo respuesta. El señor Levin se había quedado dormido y roncaba tranquilamente al lado de Werner.

«¿Quién será este hombre misterioso?» –se preguntó.

Después de esta primera vez, muchas noches más los soldados interrumpieron el sueño de Werner. Los guardias entraban pisando fuerte en el barracón, y se detenían junto a su litera. Después, ordenaban al señor Levin que se levantara y les hiciera trucos de magia. A veces, el mago trabajaba con un único paquete de naipes, pero pronto empezó a incorporar otros trucos. Uno de ellos lo realizaba con las monedas que los guardias le lanzaban, las desplazaba entre los dedos y hacía que desaparecieran como si se volatilizaran.

Una noche, Werner vio cómo el mago cortaba un trozo de cuerda en dos con una navaja que le había prestado uno de los guardias.

Enrolló los dos trozos como una pelota y lanzó ésta al aire.
Suspendida por un momento en el espacio, la pelota se fue des-
lizando poco a poco y luego cayó en la mano del mago la cuerda
nuevamente entera.

Los guardias dieron su aprobación con un rugido. La luz
comenzaba a aparecer a través de las ranuras de las paredes de

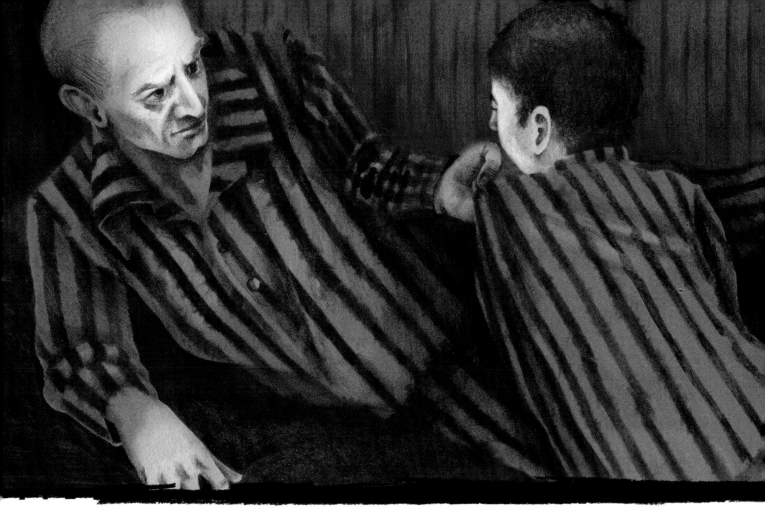

madera cuando el señor Levin se arrastró de nuevo hasta su litera, junto a Werner.

—¡Ha sido maravilloso! —exclamó Werner—. Y a los guardias les ha encantado. Quizá hoy para comer le darán una rebanada extra de pan.

El señor Levin miró a Werner detenidamente, y después
sacudió la cabeza.

—¿No sabes cómo lo he hecho, verdad? —preguntó.

—¿Cómo lo logró?

Tomó a Werner por el cuello del uniforme y lo acercó hacia
él, hasta quedar a pocos centímetros uno del otro.

—Escúchame, esto no es un juego y tampoco es un espectáculo. –Su voz era mucho más que un susurro–. Si no les gusta a los guardias… Si me equivoco una sola vez, si fallo en algún truco, si se cansan de mí… mi vida habrá acabado. –Después se tumbó y cerró los ojos.

Werner cayó hacia atrás con la boca abierta, impresionado por lo que el señor Levin le acababa de decir. Siempre había pensado que el mago realizaba aquellos trucos simplemente para entretener a los guardias. Nunca, hasta ese momento, se había dado cuenta de que lo que el señor Levin estaba haciendo era poner su vida a salvo.

Una semana después, Werner volvía a los barracones después de un largo día de mover piedras de un lado a otro. Le dolían los brazos y la espalda, y, peor aún, se le retorcía el estómago de hambre y sabía que aún tardarían horas en darles algo de comer. Aquella mañana había sido una de las peores. La noche anterior, Werner había recibido su ración habitual para la cena, un plato de sopa aguada con dos trocitos de patata y una rebanada de pan hecho con harina y serrín. Engulló la sopa, como siempre hacía, pero decidió que guardaría el pan para el día siguiente, así podría sobrevivir un día más. El uniforme le colgaba por todas partes.

Aquella noche, Werner durmió con la rebanada de pan bajo la cabeza, pero, al despertar, el pan había desaparecido.

Trepó a la litera para cerrar los ojos unos minutos, deseaba olvidar aquel hambre persistente y la sensación de no tener nada en la vida. El señor Levin, que estaba allí, no le abandonaría.

—No te des la vuelta y dime qué te ha pasado, mi joven amigo.

Sondeó a Werner, le hizo preguntas hasta que finalmente el muchacho se incorporó.

Al principio, Werner no miraba al señor Levin, permanecía con la cabeza baja. Parecía como si se fuera a desmoronar en cualquier momento. Pero, después, empezó a contar al señor Levin lo del pan.

—Es culpa mía –exclamó–. ¡Me tenía que haber comido el pan enseguida!

—Sí –dijo el señor Levin–. Tienes que proteger lo que es tuyo.

—¿Pero qué tengo? –dijo Werner llorando. Había llegado a Auschwitz sin nada y no le habían dado nada, únicamente un número, el uniforme de la prisión y apenas algo de comida para sobrevivir. Y ahora, otro prisionero le había quitado la comida. No tenía a nadie de su familia, únicamente el recuerdo de su madre, las enseñanzas de su padre y el rostro de su hermana. Se sentía peor que nunca–. ¿Cómo es posible que nos robemos unos a otros?

—No ha estado bien que alguien te quitara el pan –dijo el señor Levin–. Pero aquí todo mundo trata simplemente de sobrevivir. No lo olvides.

Werner asintió. Escuchar al señor Levin le tranquilizó. Su compañero de litera era un sabio, casi tan sabio como el padre que había perdido cuando era pequeño.

—Mira. Quiero enseñarte algo –le dijo el señor Levin sacándose del bolsillo una baraja de cartas sucia y desgastada por el uso. Werner se olvidó por un momento de su sufrimiento. Sentía curiosidad por el señor Levin y las cartas que tenía delante.

—Tengo un truco para ti –le dijo–. ¿Quieres verlo?

Werner asintió.

—Elige una carta. No la señales y no me digas cuál es, sólo recuérdala.

La mirada de Werner se posó sobre el ocho de espadas.

—¿La tienes? —preguntó el mago. Werner volvió a asentir. El mago barajó las cartas y luego se las mostró por la cara posterior—. ¿Era ésta? —le preguntó, sosteniendo el dos de diamantes.

—No —contestó Werner.

El señor Levin tomó la carta y la puso boca abajo sobre la litera. Luego barajó de nuevo y sacó otra carta. Era el rey de corazones.

—¿Es ésta?

Werner negó con la cabeza, y de nuevo, el señor Levin puso la carta boca abajo sobre la litera.

Por tercera vez, el mago barajó el mazo y sacó otra carta: el tres de diamantes.

—¿Es ésta?

Y por tercera vez, Werner sacudió la cabeza mientras el mago la descartaba también.

—¿Estás seguro de que tu carta no se encuentra entre estas tres? –le preguntó el mago señalando las cartas que había encima de la litera.

—Estoy seguro –respondió Werner–. Me parece que el truco no le ha salido bien.

—Echa un vistazo –dijo el mago.

—Pero sé que no está ahí.

—Tú sólo míralas –le insistió el mago.

Werner tomó las tres cartas desechadas y ahí estaban el dos de espadas, el rey de corazones, y…

—¿Pero qué ha pasado?

La tercera carta rechazada, la que estaba encima de todo, era la que Werner había escogido en primer lugar, el ocho de espadas. Alzó la vista, sorprendido.

—Pero, ¿cómo lo ha hecho? —preguntó—. ¿De dónde ha salido mi carta?

El señor Levin sonrió.

—Un mago nunca revela sus secretos. Pero, tratándose de ti, quizá haga una excepción. ¿Te gustaría que te enseñara a hacer este truco?

Durante la hora siguiente, el señor Levin estuvo con Werner, enseñándole el truco de las cartas. Al principio, Werner era un poco torpe, las cartas se le caían y era tan lento que cualquiera podía haber adivinado qué estaba haciendo. Pero el señor Levin era un maestro paciente, y enseguida Werner ganó velocidad y agilidad. En poco tiempo fue capaz de mover y ocultar las cartas casi como si fuera un experto. El señor Levin asintió con la cabeza.

—Este truco es sólo para ti —le dijo—. Para nadie más.

Los ojos de Werner brillaban, y durante un momento la miseria de Auschwitz se desvaneció. Nadie, excepto ellos dos, podría comprender lo especial de aquel momento. En aquel lugar terrible, donde no había nada que poseer ni nada que dar, el mago le había hecho un regalo a Werner. No se trataba de un libro o una chaqueta nueva, cosas que había recibido en el pasado. Era algo mucho más especial.

—La magia me ha ayudado a mantenerme vivo aquí —prosiguió el señor Levin—. Tal vez te ayude a ti también.

Werner asintió. En aquel lugar era casi imposible pensar en el futuro. Pero en aquel momento sentía menos miedo y menos soledad. Alguien había cuidado de él y le había dado algo de esperanza. En ese acto había suficiente magia real para que Werner pudiera aferrarse a ella.

—Gracias –contestó, después de repetir el truco una doce-
na de veces bajo la atenta mirada del mago–. Nunca lo olvidaré,
nunca, y tampoco a usted.

Y nunca lo hizo.

Transcurrieron muchos años. Werner creció, y lo que había sufrido en el campo de concentración se convirtió en un recuerdo, todavía era duro, pero algo diluido por el paso del tiempo. Él era fuerte y alto. Sólo aquellos que le conocían bien notaban su leve cojera, resultado de aquellos días en que estuvo confinado a trabajos forzados. Se enteró de que el señor Levin también había sobrevivido a los campos, a pesar de que no se habían vuelto a ver desde Auschwitz.

Un día, Werner se hallaba de pie en un escenario delante de un grupo de gente. No era un teatro magnífico, y la gente que había ido a verle era, sobre todo, familiares y amigos. Tenía en sus manos una baraja nueva de cartas que barajó, y cortó hacia delante y hacia atrás con la habilidad y la velocidad de un experto. La multitud estaba sin aliento viendo como las cartas parecían desaparecer por arte de magia y luego reaparecían en la otra mano y, a continuación, en el bolsillo. Finalmente, llamó a un voluntario para que subiera al escenario y sopló sobre las cartas que tenía en las manos.

—Escoja una carta –le dijo–. No la señale y no me diga cuál es. Simplemente recuérdela.

Cuando terminó el truco, todo el mundo comenzó a aplaudir y a aclamarle. «¡Bravo!», gritaban. Werner respondió con una gran inclinación.

Aquel día, entre el público había dos niños que cuando acabó la actuación y abandonó el escenario corrieron hacia Werner.

—¡Ha sido genial, papá!

Michael, el más pequeño, habló primero. Dio un par de brincos y chocó la mano con su padre.

—¿Puedes enseñarnos cómo se hace eso? –le dijo a Werner, su hijo mayor, David, que era el más tranquilo de los dos, pero que ese día saltaba y gritaba tanto como su hermano menor.

Werner hizo una pausa y miró a sus hijos. Su mirada pasaba de una cara a otra.

    —Un mago nunca revela sus secretos –contestó. Pero en su cara se dibujó una sonrisa y dijo–: pero por vosotros estoy dispuesto a hacer una excepción.

Cómo ocurrió

Werner Reich era sólo un niño cuando le sacaron de casa y le enviaron primero a un lugar llamado Terezin, y luego al campo de concentración de Auschwitz. Fue allí donde conoció al mago.

Werner sólo recordaba que se llamaba señor Levin y que su número de prisionero era el A1676.

El compañero de litera era Herbert Levin. Antes de la guerra, Levin fue un conocido mago que había actuado en los mejores teatros de Berlín. Ya desde muy joven se había creado un nombre en el mundo del espectáculo. Utilizó algunas letras de su apellido para bautizarse como *Nivelli el mago*. Pero su carrera se truncó cuando él, su mujer y su hijo fueron arrestados y enviados finalmente a Auschwitz.

Probablemente los trucos de magia que hacía delante de los guardias fueron lo que salvó a Nivelli de la muerte. Los guardias le prometieron que si lo hacía bien, también su familia se salvaría. Por desgracia no fue así, ya que la mujer y el hijo de Nivelli fueron asesinados antes de que acabara la guerra.

Los Nivelli

Werner y su hermana Renate

En una ocasión, Nivelli enseñó a Werner un truco especial de magia. Él nunca lo olvidó, y cuando fue liberado, consiguió una baraja de cartas e hizo ese mismo truco a la primera persona con la que se encontró. Así comenzó el interés de Werner por la magia.

Werner fue trasladado de Auschwitz a otro campo de concentración llamado Mauthausen. La guerra estaba llegando a su fin y las tropas aliadas entraron en la Alemania nazi. Los prisioneros judíos como Werner fueron sacados de los campos de concentración y llevados a lo que se llamó la Marcha de la muerte. Los prisioneros tuvieron que caminar hasta el centro de Alemania. Muchos cayeron abatidos por el agotamiento y el hambre, les dejaron morir o fueron asesinados. Werner se encontraba entre los supervivientes.

Werner, 11 años

Werner, 14 años

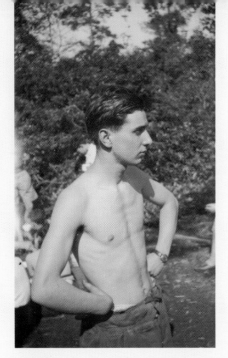

Werner estaba muy enfermo cuando la guerra terminó.

Este certificado muestra que Werner fue liberado en Mauthausen.

Cuando acabó la guerra, Werner tenía 17 años, pesaba tan sólo 28 kilos, y estaba muy enfermo. Después de una larga recuperación, Werner viajó a Inglaterra, donde se casó con su primer y único amor, Eva Schiff. Un tiempo después, Werner y Eva se marcharon a Estados Unidos. Allí, Werner descubrió que su hermana, Renate, había sobrevivido huyendo a Italia. También ella se trasladó a Estados Unidos. Con el tiempo, Werner se convirtió en ingeniero industrial, pero nunca perdió su interés por la magia. Participó en convenciones de magia, quiso conocer a algunos de los mejores magos del mundo, y fue miembro de varias asociaciones de magos. A menudo actuaba para amigos o en actos benéficos. Él y Eva residen actualmente en Nueva York, tienen dos hijos, ya casados —a los que su padre introdujo en el mundo de la magia cuando eran muy jóvenes—, y cuatro nietos.

Nivelli también sobrevivió a la guerra, pero tras ser liberado cayó gravemente enfermo y estuvo cerca de la muerte. Logró recuperarse y rehacer su vida como mago. En el año 1947, él también se desplazó a Estados Unidos y se casó con una mujer llamada Lottie, que se convirtió en su ayudante, y juntos via-

Werner y Eva

jaron por todo el país actuando como «Los Nivellis».

La última actuación que realizó Nivelli fue el 1 de mayo del año 1977, en Lancaster, Pensilvania, ante un público de 500 personas. Murió dos días después. La gente que le conoció decía que, a pesar de haber sufrido mucho en la vida, fue todo un caballero hasta el final.

Werner conoció la muerte del mago Nivelli gracias al artículo en una revista de magia. No reconoció el nombre, pero en el artículo aparecía el número que le habían tatuado en Auschwitz: A1676. Werner lo reconoció inmediatamente y comprendió que se trataba de su amigo, el señor Levin, el que dormía a su lado en aquella terrible prisión, el que había sido tan amable con él cuando otros no lo fueron, y el que le hizo el maravilloso regalo de la magia.

Hasta la fecha Werner aún realiza trucos de magia.

Werner y su autora, Kathy Kacer

Dónde ocurrió

Cuando Adolf Hitler alcanzó el poder en Alemania, en el año 1933, promulgó leyes para limitar la libertad del pueblo judío. Los judíos no podían trabajar en las profesiones que habían escogido, vender en las tiendas o en sus propiedades. Los niños judíos no podían ir a la escuela. Los judíos tenían que lucir la estrella amarilla de David en su ropa para poder ser identificados. Cuando éstas y otras muchas leyes pasaron a otros países europeos, los judíos empezaron a temer por sus vidas. Hitler prometió que liberaría Europa de judíos.

Tarde o temprano, los judíos eran detenidos y enviados a prisiones (campos de concentración) ubicadas en zonas remotas de Europa. Las condiciones de vida en estos campos eran nefastas. Los prisioneros tenían pocos alimentos, eran obligados a realizar trabajos forzados y dormían en grandes barracones sobre duras literas de madera. Muchos de ellos fueron golpeados y torturados. Sufrían muchas enfermedades. Algunos de esos campos se construyeron con el único objetivo de acabar con tantos judíos como fuera posible.

Uno de los peores campos de concentración fue el de Auschwitz. De hecho, Auschwitz incluía docenas de pequeños campos. Algunos de ellos eran de trabajos forzados. Uno de ellos, llamado Birkenau, era un campo de exterminio.

Se estima que durante la segunda guerra mundial, que acabó en el año 1945, más de seis millones de judíos fallecieron en lo que se ha conocido como el Holocausto. Entre ellos, al menos un millón de judíos fueron asesinados en Auschwitz.

Niños presos en Auschwitz.